AF465052

Collection "Patrie"
JEAN PETITHUGUENIN
L'ALLEMAGNE
VAINCUE
40c.
Le récit complet illustré.

L'ALLEMAGNE VAINCUE

I

Bien qu'il soit difficile d'établir une classification rigoureuse dans la série presque ininterrompue des opérations militaires qui se sont déroulées sur les divers fronts de la guerre, depuis le printemps de 1918, on peut dire que la bataille qui devait aboutir à l'effondrement de la puissance militaire germanique, a débuté le 18 juillet, avec la contre-attaque déclenchée contre la ruée allemande en Champagne et en Tardenois, de part et d'autre du bastion de Reims.

Cette offensive allemande engagée le 15 juillet, et si admirablement contenue par les armées Gouraud, Berthelot et de Mitry, était la cinquième des grandes opérations de percée entreprises par nos ennemis depuis le 21 mars 1918. En avril, en mai, en juin, comme en mars et juillet, ils avaient tenté l'assaut de la « forteresse France » avec l'espoir toujours déçu que ce serait la ruée suprême après laquelle l'Allemagne victorieuse imposerait sa domination au monde épouvanté.

Si l'on voulait apprécier exactement les faits avec toute la rigueur scientifique de l'historien, on devrait considérer comme une bataille unique les péripéties qui se sont succédées depuis le 21 mars 1918, car, sans la résistance des alliés aux efforts désespérés des armées du kaiser, sans l'acharnement qu'ils ont apporté à refermer les brèches de leur front après leurs demi-défaites de mars, avril et mai il ne leur aurait pas été possible de prendre l'offensive en juillet. Il n'y a eu en réalité sur le front franco-belge, en 1918, qu'une seule longue bataille, qui a duré du 21 mars au 11 novembre, et a comporté deux phases principales, la première caractérisée par un effort furieux de nos adversaires et un fléchissement, heureusement toujours borné à temps, des alliés; la seconde, par une offensive déterminée et ininterrompue des alliés et un recul de plus en plus précipité des Allemands, recul qui menaçait de se transformer en déroute lors de la signature de l'armistice, le 11 novembre.

Comme nous l'avons annoncé dès le début, c'est seulement la seconde phase que nous envisageons dans le présent récit.

***

Le 18 juillet, jour où le général Foch, commandant en chef les armées alliées d'Occident, qui devait être promu maréchal de France le 6 août, déclenchait entre Château-Thierry et Soissons, de la Marne à l'Aisne, l'offensive qui ne devait plus s'arrêter avant la victoire définitive, le front franco-belge présentait l'aspect d'une ligne sinueuse, creusée de poches profondes et menaçantes, en direction d'Amiens et de Paris. Des voies ferrées d'une importance capitale pour le ravitaillement des armées en campagne et le transport des réserves, celles de Paris à Amiens et à Dunkerque et de Paris à Nancy par Epernay et Châlons, étaient atteintes par l'ennemi ou battues par ses canons, rendues en tout cas inutilisables sur la plus grande partie de leur parcours.

Les Allemands avaient commencé la conquête des collines des Flandres en s'emparant du fameux Kemmel (1). Ils remontaient la vallée de la Lys, menaçant d'une part Hazebrouck et les communications de Calais et de Dunkerque, de l'autre Béthune. Ils touchaient presque à Arras, tenaient Albert avec la ligne de l'Ancre et les avancées d'Amiens, l'Avre avec Montdidier, le massif de Thiescourt; Ressons-sur-Matz, Ribécourt et les deux Tracy aux abords de Compiègne; Soissons, les issues de la Ferté-Milon; la rive sud de la Marne, entre cette ville et Daméry, à une lieue d'Epernay. Reims était encerclé. Le général Gouraud, adoptant une tactique habile pour briser l'assaut allemand du 15 juillet, avait abandonné les hauteurs de Moronvilliers et de Tahure, qui couvraient la plaine de Châlons. Au sud-est de Verdun, une importante force allemande restait fixée à Saint-Mihiel, comme une banderille, dans le flanc de nos armées.

Les barbares étaient à moins de soixante kilomètres de Paris.

Cependant, pour achever de démoraliser un adversaire qu'ils croyaient déjà vaincu, ils envoyaient leurs sinistres oiseaux de nuit, leurs gothas, bombarder Paris et les grands centres de l'arrière.

(1) Voir *Au mont Kemmel, la colline héroïque*, nº 102 de la « Collection Patrie ». F. Rouff, édit.

Leurs pièces lourdes harcelaient nos villes et nos voies de communication. Les berthas, dernier cri de la balistique boche, orgueil de Bertha Krupp, s'acharnaient sur la capitale. Les canons le jour, les avions la nuit, énervaient la population civile, la gênaient dans ses occupations les plus innocentes, troublaient son sommeil, lui faisaient pressentir les horreurs d'une invasion que les généraux du kaiser se flattaient de lui imposer à brève échéance.

Mais l'état-major allemand croyait-il réellement à sa victoire? Il est permis d'en douter. Les chefs de l'armée impériale étaient trop avisés pour ne pas noter les signes du découragement qui gagnait peu à peu leurs soldats.

Ce n'était pas impunément que, depuis quatre mois, ils imposaient à leurs troupes des efforts surhumains. Quand elles avaient remporté un succès, elles ne mesuraient pas seulement le chemin parcouru sur la route de Paris, d'Amiens ou de Calais, elles comptaient aussi leurs morts et se demandaient avec effroi si l'Allemagne serait assez riche en hommes pour payer le prix de l'aventure où elle s'était engagée. La confiance les abandonnait peu à peu, et, le jour où les armées Mangin et Degoutte commencèrent à les refouler entre la Marne et l'Aisne, elles sentirent que la victoire leur échappait pour toujours.

⁂

On peut établir entre l'état moral des alliés et celui des Allemands à cette époque de la guerre, un curieux parallèle.

Après quatre mois de succès, partiels sans doute, néanmoins considérables, les Allemands, qui, à en juger par l'examen rapide de la carte du front, auraient dû concevoir les plus grandes espérances, commençaient à se rendre compte de l'inutilité de leurs efforts. Du moins les soldats qui s'étaient heurtés aux Français, aux Anglais, aux Belges et aux Américains, savaient que leurs adversaires, malgré les surprises de mars et de mai, loin de s'affaiblir, devenaient de jour en jour plus redoutables; ils savaient que leurs avances, tantôt sur un point, tantôt sur un autre, n'auraient pas d'effet décisif sur l'issue de la guerre, parce qu'ils n'étaient pas assez forts pour rompre partout à la fois la résistance des alliés et que la brèche ouverte d'un côté se refermait tandis qu'ils travaillaient à en ouvrir une autre.

Le colosse germain s'épuisait dans ce travail de Sisyphe.

Lors de l'attaque de juillet et même dès le mois de juin, après la contre-offensive victorieuse de Mangin au nord de Compiègne, la masse de l'armée allemande avait conscience de son impuissance à triompher. Dans son ensemble, elle ne marchait plus que par discipline, par devoir et parce qu'on lui faisait espérer quelque chimérique révolution, qui priverait tout à coup les armées alliées de l'indispensable appui du peuple français.

Les journaux allemands nous ont, après l'armistice, révélé cet état d'esprit; ils nous ont appris que le découragement était venu en Allemagne, non de l'intérieur au front, mais du front à l'intérieur. Tandis que la démoralisation gagnait peu à peu l'armée en campagne, la population civile, en dépit des souffrances que lui imposait le blocus, continuait à se griser du rêve de la victoire, elle annexait par l'imagination la Belgique, le nord de la France, avec Calais et Dunkerque, et le bassin de Briey, réclamait nos mines de fer et de houille, nos colonies, une énorme contribution de guerre!

La folie furieuse qui s'était emparée de la Germanie en 1914 ne s'était pas atténuée.

Que se passait-il cependant de l'autre côté de la ligne de bataille?

Les armées alliées, qui avaient subi les assauts les plus violents, plié çà et là devant eux, qui avaient appris à leurs dépens la formidable puissance de leurs adversaires, gardaient leur foi intacte en dépit de toute vraisemblance. La gravité même de leurs revers partiels leur avait inculqué la conviction qu'il n'y a pas de défaite irréparable. On avait réussi à « calfater » les fronts de Picardie et du Tardenois, disloqués par la poussée de l'ennemi, quand ce dernier avait l'avantage de la surprise et du commandement unique (car Foch avait pris le commandement suprême des alliés assez tôt pour rétablir la situation, mais trop tard pour parer les coups), quand il avait aussi l'avantage des effectifs; à plus forte raison tiendrait-on le coup maintenant que tout le front allié d'Occident manœuvrait à la voix d'un grand capitaine, que les intentions de l'adversaire étaient prévues jour par jour, heure par heure, et que l'afflux incessant des Américains nous donnait enfin la supériorité du nombre.

Jamais nos soldats n'avaient été aussi confiants, aussi résolus à vaincre, et c'étaient eux qui rassuraient les gens de l'arrière quand ceux-ci, plus prompts à juger sur les apparences de la carte, énervés par la menace imaginaire des berthas dont la rumeur populaire enflait la puissance et le nombre à des proportions de légende, laissaient percer leur inquiétude.

Ainsi, à l'opposé de ce qui se passait en Allemagne, le courage chez nous se répandait du front à l'intérieur; il venait de ceux qui, placés au contact de la réalité, la voyaient cruelle, implacable, atroce, mais réduite à ses justes mesures, qui jugeaient l'armée allemande redoutable, mais non pas invincible.

***

Quand le général Foch prit le commandement des armées alliées, sa première tâche fut ingrate : il eut d'abord à rétablir tant bien que mal notre front ébranlé avec des éléments qu'il avait sous la main, puis à temporiser sans se laisser émouvoir par l'opinion inquiète, qui s'impatientait de notre inaction apparente.

Les Allemands sont obligés de repasser précipitamment la Marne **(p. 7).**

D'accord avec le général Pétain, le maréchal Douglas Haig, le roi des Belges, le général Pershing, il était décidé à ne prendre l'offensive que le jour où les alliés posséderaient la supériorité des effectifs et seraient sûrs de la conserver jusqu'au bout.

Or les Etats-Unis d'Amérique nous envoyaient 250.000 à 300.000 hommes par mois, la valeur d'une demi-classe allemande. Dès la fin de juin, nous avions le nombre pour nous, des réserves dans lesquelles le généralissime pourrait puiser sans relâche, au fur et à mesure des besoins, sans crainte de les voir tarir.

D'autre part nos usines de guerre forgeaient avec fièvre l'instrument de la victoire, les chars d'assaut, qui devaient ouvrir la route à nos armées à travers le réseau inextricable des tranchées allemandes. Le tank léger Renault, en particulier, grâce à sa légèreté relative et à sa vitesse, devait accomplir des merveilles. Nos armées furent largement dotées de cet engin si parfaitement adapté à la guerre de manœuvre.

Au début de juillet, le généralissime n'attendait plus que l'occasion, la faute qui lui livrerait l'ennemi.

Dès lors, il jetterait sans compter toutes ses forces dans la bataille, car, selon sa propre doctrine, « l'attaque décisive est l'argument suprême de la bataille moderne ».

Mais, si Foch fut appelé au commandement suprême des alliés, s'il fut accepté par les Anglais et les Américains, s'il put exécuter son plan de bataille sans manquer un seul jour du soutien de l'opinion, n'oublions pas que ce fut grâce à Clemenceau, ministre de la guerre et président du conseil, ce vétéran de la politique, dont l'énergie indomptable est devenue légendaire et lui a valu le surnom de Tigre, Clemenceau, qui, pour répondre aux questions insidieuses des députés de l'opposition et définir son action dans les circonstances presque désespérées où il avait pris le pouvoir, inventait cette formule redoutable dans sa simplicité : « Je fais la guerre! »

II

La faute que guettait le généralissime, Ludendorff allait la commettre en lançant ses troupes dans la poche de Château-Thierry et en direction d'Epernay.

Tandis qu'à l'est de Reims, l'armée allemande de von Einem essayait vainement de percer sur Châlons en rejetant l'armée Gouraud, von Mudra se ruait, entre Reims et la Marne, contre les forces franco-italiennes du général Berthelot. L'armée von Bœhn faisait face à l'ouest, devant les lisières de la forêts de Retz ou de Villers-Cotterets, tandis que son aile gauche franchissait la Marne à l'est de Château-Thierry.

De l'Aisne à la Marne, cette armée von Bœhn ne jouait qu'un rôle de couverture. Ludendorff ne soupçonnait point la puissance des réserves que recélait la forêt de Retz et nous croyait incapables de passer à l'offensive dans ce secteur.

Cette erreur devait lui être funeste.

Le 18 juillet, après une préparation extraordinairement rapide, l'armée Mangin et, à sa droite, l'armée Degoutte, puis des divisions américaines, foncent sur von Bœhn.

Les troupes d'assaut sont précédées et accompagnées de nombreux chars Renault, qui réduisent les nids de mitrailleuses, jettent le désordre dans les batteries ennemies de première ligne, répandent partout la panique.

Devant ce coup imprévu, von Bœhn se voit contraint à la retraite. Tout le groupe des armées que Ludendorff a lancées à l'attaque, ainsi menacées sur leur flanc droit, hésitent, puis reculent. Malgré l'afflux de leurs réserves, les Allemands sont obligés de repasser précipitamment la Marne. Dans la nuit du 20 au 21, ils évacuent

Château-Thierry après cinquante jours d'occupation. Le 24, ils sont rejetés à l'est de la route de Soissons à Château-Thierry.

Après quelques jours d'accalmie, les Franco-Américains continuent à progresser en travaillant à refouler l'ennemi sur la Vesle. Le 2 août, Soissons est repris. Le 3, nous bordons l'Aisne et la Vesle, de Soissons à Fismes; nous réoccupons cinquante villages. Le 4, les Américains pénètrent dans Fismes. Le 5, la poche de Château-Thierry est complètement résorbée.

Après ce formidable effort, nos troupes ont besoin de souffler, de se réorganiser.

⁂

La victoire est éclatante, indéniable.

Le gouvernement français tient à marquer cette grande date en récompensant les principaux artisans de ce beau succès. Le 6 août, M. Clemenceau, ministre de la guerre, propose à la signature du Président de la République deux décrets, nommant le général Foch maréchal de France et conférant la médaille militaire au général Pétain, commandant en chef les armées du nord et du nord-est.

Mais nos grands chefs ne considèrent leur succès en Tardenois que comme un premier pas vers la victoire. Leur ennemi, ébranlé sur un point, appelle ses réserves à la défense de l'Aisne et de la Vesle; la résistance se fait plus âpre. Il faudrait consentir de grands sacrifices pour la forcer d'emblée.

Qu'à cela ne tienne! On frappera d'un autre côté. Le 8 août, le maréchal Foch engage la bataille du Santerre. L'armée anglaise attaque et progresse rapidement.

L'offensive est engagée par la 4e armée britannique du général Rawlinson et la 1re armée française du général Debeney, accouplées sous le commandement du maréchal Douglas Haig, entre le sud de Montdidier et le Matz; l'attaque sera soutenue et prolongée à droite par la 3e armée du général Humbert.

Le mouvement doit porter nos forces sur la ligne générale Albert-Bray-sur-Somme-Chaulnes-Roye-Lassigny-Ribécourt.

A l'aube du 8 août, après une préparation d'artillerie brève et formidable, les alliés s'élancent, appuyés par une nuée de chars légers. Presque partout, l'ennemi cède et se replie en désordre, à tel point que la cavalerie peut intervenir, saisir des convois, achever la déroute des unités isolées.

Le 10 août, l'armée Debeney s'emparait de Montdidier et poussait vers Roye, tandis que l'armée Humbert entrait à son tour dans la bataille, surprenant d'autant plus l'adversaire qu'elle n'avait fait précéder son attaque d'aucune préparation d'artillerie.

Les jours suivants, les alliés continuaient à avancer. Le 13 août, avaient vidé la poche du Santerre. Sans s'arrêter tout à fait, la progression se ralentissait. Le 21, nous entrions encore à Lassigny.

Cette bataille avait coûté aux Allemands 40.000 prisonniers et 700 canons. Ils avaient déjà perdu 20.000 prisonniers et 400 canons en évacuant la poche de Château-Thierry.

Cette période de la lutte est celle des offensives alternées. Suivant un mot du maréchal Foch lui-même, rapporté par M. Gustave Babon : « C'est comme une série de coups d'épaules; une armée avance, l'autre suit. On pousse tour à tour. »

***

Le 18 août, au moment où l'offensive entre Albert et Ribécourt s'arrête essouflée, les Anglais attaquent à l'est d'Hazebrouck, en direction d'Armentières et de Merville, face à Lille.

Puis, le 21 août, c'est la 3e armée britannique qui reprend son action dans un nouveau secteur, entre Albert et Arras, face à Bapaume.

Cette fois, les opérations s'étendent progressivement. Le 23 août, la bataille se déploie sur un front de cinquante kilomètres, entre Chaulnes, dont nos alliés ne sont plus qu'à une petite portée de fusil, et le sud d'Arras.

Les routes sont défoncées, les villages détruits, rasés, au point que l'on a souvent peine à en reconnaître la place. Le sol est bouleversé, calciné, stérilisé par la grêle d'obus que les adversaires y déversent depuis des années, mais on avance à travers cet enfer et le sentiment de la victoire anime les soldats.

Les armées allemandes de von Below devant Arras et de von der Marwitz sur la Somme ont beau appeler à elles des renforts importants, elles sont forcées de céder.

Dans la nuit du 24 au 25, vers minuit, les troupes australiennes pénètrent dans Bray-sur-Somme, où elles font un grand nombre de prisonniers, et poursuivent rapidement leur avance sur la rive droite de la Somme.

Cependant nos alliés progressent sur les routes d'Albert à Péronne, à Combles et à Bapaume, d'Arras à Bapaume, à Croisilles et à Cambrai.

Le 25 août, au matin, l'ennemi, partout menacé, tente des efforts désespérés pour rétablir la situation; il ne peut arrêter la marche des Britanniques, non plus que le 26, où les Anglais et les Canadiens du général Horne attaquent avec un redoublement de vigueur dans le secteur d'Arras.

Les Néo-Zélandais pénètrent dans les faubourgs de Bapaume, déjà largement débordé par le nord.

***

Pour empêcher son adversaire de se ressaisir, le maréchal Foch relance les armées françaises dans la bataille, dans la région de Noyon et le massif de Saint-Gobain, entre Oise et Aisne.

L'armée allemande, perdant définitivement tout espoir de se maintenir sur la ligne qu'elle a défendue avec acharnement, entame, dès le soir du 27 août, un large mouvement de retraite très rapide. Le 28, nous touchons la ligne de la Somme et du canal du Nord; les Français pénètrent dans les premières maisons de Noyon. Le 29, les Britanniques s'emparent de Bapaume, franchissent la Somme au sud et à l'ouest de Péronne, ainsi menacée d'encerclement. Les Français prennent Noyon.

Maintenant c'est toute la ligne allemande qui s'effondre de proche en proche. A l'aile droite de la bataille, nos adversaires commencent à se replier sur la Lys et en Flandre. A leur aile gauche, ils cèdent devant l'armée Debeney, qui franchit le canal du Nord, l'armée Humbert, qui progresse sur les routes de Guiscard et de Chauny, l'armée Mangin, qui atteint Crouy.

Le 31 août, les Britanniques prennent d'assaut le mont Saint-Quentin, clé de Péronne, qui tombe le lendemain, tandis que les soldats de Mangin s'emparent de Crouy.

De l'Aisne à la Lys, les Allemands reculent vers la fameuse ligne Hindenburg, sur laquelle ils avaient arrêté leur grand repli stratégique de 1917 et d'où ils s'étaient élancés à l'assaut le 21 mars 1918.

***

L'opinion en France et chez nos alliés n'envisageait pas sans une certaine inquiétude cette péripétie de la grande bataille. On craignait que nos adversaires, une fois appuyés sur ce vaste système de retranchements (improprement appelé ligne, puisqu'il se composait en réalité d'un grand nombre de lignes successives orientées dans des directions diverses, et formant un immense réseau de dix à vingt kilomètres de profondeur), ne fussent en état de résister victorieusement à la poussée des armées franco-britanniques.

Les positions Hindenburg, qui couvraient les grands nœuds de voies ferrées de Douai et de Cambrai, enserraient Saint-Quentin dans leurs mailles et s'appuyaient, au sud de Laon, sur le célèbre Chemin des Dames, étaient réellement formidables. Entre Arras et Bapaume, elles étaient en outre couvertes par des inondations que l'ennemi avait provoquées. Et, au sud-ouest de Laon, à l'extrémité occidentale du Chemin des Dames, l'articulation de la ligne de défense allemande était protégée par le redoutable massif de Saint-Gobain.

On se rend compte aujourd'hui de la faute grave que Ludendorff commit, en ne se repliant pas sur les positions Hindenburg aussitôt après sa défaite du Tardenois, dans la poche de Château-Thierry. S'il avait pris à cette époque le sage parti qu'Hindenburg avait adopté en 1917 pour répondre aux préparatifs d'offensive du général Nivelle, il aurait ramené sur ses lignes de défense une armée quelque peu démoralisée sans doute, mais encore capable d'opposer à nos efforts une résistance tenace.

Au contraire, au début de septembre 1918, c'était une armée talonnée par l'adversaire, et dont la retraite prenait par endroit l'aspect d'une déroute, qui se repliait sur les positions Hindenburg.

Le maréchal Foch lança ses armées, de la mer à Verdun, à l'assaut de la muraille lézardée de Ludendorff (p. 13).

Des troupes traquées de la sorte, épuisées par des combats incessants, décimées, affaiblies par la perte d'une grosse partie de leur matériel, auraient-elles encore le temps et les moyens de s'accrocher à des retranchements dont la valeur se trouvait du reste considérablement diminuée par l'emploi intensif des chars d'assaut?

L'événement devait prouver que les positions Hindenburg n'étaient plus infrangibles.

***

Le 2 septembre, en effet, les Britanniques franchissent la ligne sur la route d'Arras à Cambrai, et débordent au nord l'importante position de Ouéant, point de jonction de plusieurs branches du système.

Le 3, tandis que les Français soutiennent une lutte pénible aux lisières du massif de Saint-Gobain, et fixent les réserves ennemies de Péronne à Noyon, les Anglais prennent Quéant. Le lendemain, ils atteignent la profonde et large tranchée que forme le canal du Nord inachevé et la dépassent en plusieurs points.

A ce moment, les Allemands, menacés par l'armée Mangin entre l'Oise et l'Aisne, se décident à abandonner la ligne de la Vesle et se replient sur un front de trente kilomètres.

Le 5 septembre, ils étaient partout en pleine retraite aux avancées de la ligne Hindenburg, déjà entamée d'ailleurs entre Douai et Cambrai, c'est-à-dire au point le plus sensible, puisqu'une avance des alliés dans cette région menaçait les communications des Allemands sur toute la partie ouest de leur front.

Le 6, les Français, progressant par endroit de dix kilomètres en profondeur, parvinrent, sur l'ensemble du front de l'Aisne, jusqu'à leurs anciennes positions, devant Laffaux et Vauxaillon. Ils occupèrent la basse forêt de Coucy, où de grands dépôts de munitions tombèrent entre leurs mains, prirent Chauny et Ham, tandis que les Britanniques forçaient les passages de la Somme au sud de Péronne et que les Américains progressaient au nord de la Vesle.

La poursuite continuait ainsi jusqu'au 11 septembre.

L'ennemi restait maître du Chemin des Dames, et la ligne Hindenburg, malgré l'avance des Britanniques sur Cambrai, tenait encore dans son ensemble.

***

C'est alors que le maréchal Foch jugea le moment venu de frapper un grand coup à l'autre bout du champ de bataille.

Une armée américaine autonome s'était constituée en Lorraine, dans le secteur de Saint-Mihiel, entre le bois le Prêtre et les Eparges, noms que cent combats ont rendus fameux. Elle était nombreuse, bien équipée, admirablement entraînée, pourvue d'immenses approvisionnements et d'un matériel considérable.

Pour ses débuts, elle avait reçu mission de réduire la hernie de Saint-Mihiel, de dégager ainsi la ligne de la Meuse et des Côtes au sud-est de Verdun, de rectifier le front, face à Metz et à Briey.

Cette opération avait une importance très grande, car la griffe que les Allemands avaient plantée dans notre flanc à Saint-Mihiel gênait beaucoup nos mouvements entre Verdun et notre frontière de l'est. On avait essayé nombre de fois d'étrangler la hernie en attaquant aux deux bords du sac, aux Eparges et au bois le Prêtre. De glorieux combats avaient illustré ces lieux, malheureusement sans obtenir de résultat décisif, les moyens mis en œuvre étant insuffisants. L'entrée en ligne des Américains allait nous fournir, pour l'accomplissement de cette tâche, les ressources qui nous avaient fait défaut jusqu'alors.

L'attaque devait être menée sur les deux flancs du saillant par des divisions américaines, tandis qu'à la charnière, devant la pointe de Saint-Mihiel, des forces françaises se tiendraient prêtes à pénétrer dans la ville, dès les premiers signes de fléchissement de l'adversaire.

Le 12 septembre, après un bombardement de quatre heures, les troupes américaines, précédées de nombreux chars d'assaut, attaquèrent à l'aube, sur la face sud du saillant, entre Saint-Mihiel et Pont-à-Mousson. A midi, malgré les rafales de pluie qui les aveuglaient, elles avaient progressé de plusieurs kilomètres, franchi le Rupt de Mad, conquis de nombreux points importants, parmi lesquels Montsec, excellent observatoire, et le gros bourg de Thiaucourt. Les communications allemandes de la poche de Saint-Mihiel se trouvaient dès lors gravement menacées.

Cependant les divisions américaines avaient pris à neuf heures du matin l'offensive sur la face occidentale du saillant, visant la route de Saint-Mihiel à Vigneulles et à Chambley, artère capitale de la position.

L'ennemi, renseigné depuis plusieurs jours sur l'importance des forces que nos alliés concentraient dans le secteur, avait déjà décidé l'évacuation de la poche. Le 12, lors du déclenchement de l'offensive, ses opérations préliminaires de repli étaient en cours, il avait commencé à déménager son artillerie lourde, ses dépôts de vivres et ses munitions.

Il n'en fut pas moins surpris par la soudaineté et la puissance de l'attaque, contre laquelle le retrait de sa grosse artillerie l'empêcha d'ailleurs de réagir efficacement.

Les divisions allemandes qui garnissaient la poche n'avaient plus d'autre alternative que de se laisser prendre comme dans un filet ou de battre précipitamment en retraite vers Chambley, tandis que la route était encore praticable.

Dans la nuit du 12 au 13, les deux groupes américains, venant l'un de l'ouest, l'autre du sud, faisaient leur jonction sur la bissectrice de l'angle, dans la région de Vigneulles et d'Hattonchâtel.

Les Français entraient le 13, à sept heures du matin, à Saint-Mihiel, déjà abandonné par les Allemands. La poche était résorbée, le front reporté sur une ligne à peu près droite, entre Pont-à-Mousson et Fresne-en-Woëvre.

D'importants contingents allemands, n'ayant pu s'échapper à temps, avaient été faits prisonniers. En deux jours, l'armée américaine s'était emparée de quinze mille ennemis, deux cents canons, plusieurs centaines de mitrailleuses et d'engins de tranchées, et d'un matériel de guerre considérable.

⁂

A peu près à la même date, le 13 septembre, l'armée Mangin reprenait son effort sur la ligne Hindenburg. La lutte, dirigée vers la haute forêt de Coucy, la forêt de Pinon, et le plateau de la Malmaison, vers la ligne de l'Ailette, fut des plus âpres. Les Allemands résistaient avec un redoublement d'énergie, sachant bien que la réussite de l'offensive française déterminerait la chute du Chemin des Dames : la position de Laon se trouverait compromise et, en conséquence, toute la ligne Hindenburg jusqu'à Douai.

La bataille était parvenue à une phase critique : le front allemand craquait de toute part, de larges fissures présageaient son prochain effondrement. Les alliés étaient animés des plus grands espoirs, car, si, dans un dernier effort, ils contraignaient l'ennemi à une retraite générale entre Ypres et Reims, celui-ci ne pourrait sans doute plus se ressaisir avant de s'être replié jusqu'à la Meuse. Tout le nord de la France, la plus grande partie de la Belgique seraient libérés.

A l'intérieur, malgré la joie que causaient nos succès répétés, on restait sceptique, on n'osait pas croire à la victoire définitive, on se contentait d'en escompter l'échéance pour le printemps ou l'été de 1919.

Mais le maréchal Foch, qui se sentait le maître du destin, allait la précipiter en lançant toutes ses armées à la fois, de la mer à Verdun, à l'assaut de la muraille lézardée dont Ludendorff, réduit à invoquer le secours de la pluie pour entraver l'offensive de ses adversaires, essayait en vain de conjurer la ruine.

III

Tandis que ces grands événements, auxquels le maréchal Foch présidait, dans sa calme retraite du château de Bombon, se succédaient en France et en Belgique, et à l'époque même où les barbares éprouvaient les premiers pressentiments sinistres de la défaite, deux opérations décisives s'engageaient presque simultanément en Orient, l'une dans les Balkans, sous le commandement du général Franchet d'Espérey, l'autre en Palestine, sous les ordres du général Allenby.

Elles aboutissaient, après de brèves campagnes foudroyantes, à la défaite complète de la Bulgarie et de la Turquie (1).

Les empires centraux, voyant faiblir leurs vassaux, pressés de

(1) Voir *Les Bulgares à genoux*, n° 116, *La débâcle turque*, n° 122 la « Collection Patrie », F. Rouff, édit., Paris.

toutes parts par les armées de l'Entente, sentaient que la partie était décidément perdue pour eux.

Aussi, le 5 octobre, tandis que Foch redoublait ses coups sur le front allemand en France et en Belgique, l'Allemagne, l'Autriche et la Turquie faisaient demander simultanément au président Wilson, par l'entremise de la Suisse et de la Suède, un armistice général et l'ouverture de négociations de paix.

La dépêche allemande se terminait par cette phrase :

« Pour éviter que l'effusion de sang ne continue, le gouvernement allemand demande la conclusion immédiate d'un armistice général sur terre, sur mer et dans les airs. »

Cependant l'offensive des alliés sur le front d'occident était entrée, dès le 26 septembre, dans une phase nouvelle, caractérisée par la généralisation des attaques sur tous les points du front à la fois.

Le 26 septembre, les Américains et les Français attaquent en Argonne et en Champagne. Le 27, les Britanniques donnent l'assaut devant Cambrai sur la ligne de l'Escaut. Le 28, l'armée des Flandres, sous le commandement du roi Albert, attaque en Belgique. Le 30, l'armée Berthelot force les positions allemandes au nord de la Vesle, tandis que l'armée Rawlinson fonce au nord de Saint-Quentin et oblige l'ennemi à abandonner la ville que les troupes du général Debeney occupent aussitôt.

Les Allemands, pressés partout, cèdent partout. Saint-Quentin pris, Cambrai menacé, la ligne Hindenburg tout entière s'effondre, cependant que l'avance de l'armée des Flandres vers la vallée de la Lys menace d'une part la position de Lille, d'autre part les établissements navals de l'ennemi sur la côte belge.

⁂

Tandis que Ludendorff voit ainsi fléchir tout le flanc occidental de sa ligne de défense, un autre danger plus terrible encore s'affirme sur son centre : l'armée Gouraud marche sur Vouziers, l'armée américaine sur Stenay. Si les Alliés réussissent la percée dans cette région, ils atteindront Sedan et Mézières et domineront la vallée de la Meuse, c'est-à-dire la ligne de repli naturelle de toute la droite allemande ; les communications des armées de France et de Belgique avec l'empire seront menacées, un désastre s'ensuivra.

Aussi l'adversaire, tout en s'efforçant d'éviter la déroute par une retraite en échelons savamment exécutée, ne s'acharne-t-il plus dans la défense de ses positions, sinon aux points particulièrement sensibles de son front, par exemple dans la région entre Aisne et Meuse.

Le 3 octobre, il évacue Lens et Armentières devant Lille. Le 4, jour de l'abdication du tsar Ferdinand, le front allemand de Champagne, incrusté depuis quatre ans sur la ligne des hauteurs qui dominent

Reims au nord-est, entre le fort de Brimont et Nogent-l'Abbesse, est débordé à la fois par l'est et par l'ouest ; dans la soirée, l'ennemi commence un mouvement de retraite en abandonnant le massif de Moronvilliers. Les forts de Brimont, de Vitry, de Nogent-l'Abbesse tombent en notre pouvoir. Reims, la ville martyre, amas de ruines au milieu duquel se dresse le spectre de sa cathédrale, est enfin dégagée. Le 5, tandis que notre avance se poursuit en Champagne, von Below, à l'autre bout du champ de bataille, renonce à la ligne de l'Escaut, en amont de Cambrai.

Le 9 octobre, les Britanniques pénètrent dans Cambrai incendiée. Le 10, ils tiennent le Cateau, clé de la haute vallée de la Sambre. Le 12, Gouraud est à Vouziers. Le 13, Mangin est à Laon.

⁂

A partir de cette époque, le mouvement victorieux s'accélère ; les villes sont reprises les unes après les autres.

Les spectateurs de la formidable mêlée, accoutumés depuis quatre ans à la stagnation perpétuelle de la ligne de bataille, croyaient rêver. L'espoir faisait battre leur cœur, une fierté émue briller leurs yeux. Et pourtant ils n'osaient toujours pas croire que la lutte touchait à sa fin. De peur d'une déception trop cruelle, ils se raidissaient contre leur espérance, mesuraient l'effort de résistance dont les Allemands étaient encore capables et calculaient avec tristesse le prix sanglant de notre glorieuse offensive.

Tout de même il y avait quelque chose de changé. Les gothas, chassés de leurs repaires, ne venaient plus la nuit massacrer des innocents dans les villes de l'arrière ; les berthas s'étaient tues, et la coalition germanique, tout en essayant de ratiociner et de surprendre la bonne foi du président Wilson, réclamait anxieusement l'armistice et la paix.

Du 14 au 16 octobre, Roulers, Menin et Thourout, sur le front belge, étaient pris. Le 17, Lille et Douai tombaient à leur tour, tandis que les Allemands évacuaient Ostende. Le 18 voyait la libération de Bruges, Roubaix et Tourcoing. Le 19, l'ennemi abandonnait définitivement la côte belge.

⁂

Le 20 octobre, les opérations du dernier emprunt de guerre, dit « emprunt de la libération », étaient inaugurées dans toute la France. Des canons pris à l'ennemi, des avions, des tanks et des engins de tranchée étaient exposés sur la place de la Concorde à Paris. La statue de Lille, délivrée depuis trois jours, était couverte de drapeaux et de guirlandes, tandis que des fleurs nouvelles, en signe d'une libération prochaine, ornaient la statue de Strasbourg. Les souscriptions commencèrent dans une atmosphère de victoire.

Les Allemands résistaient toujours au pivot des Ardennes, retardant par un suprême effort la débâcle imminente.

Le 1er novembre, l'armée Gouraud et l'armée américaine du général Liggett se lancèrent une fois de plus pour briser l'axe de manœuvre de Ludendorff.

La bataille s'engagea sur un front de vingt kilomètres. La 4e armée française atteignit les abords du canal des Ardennes, tandis que la 1re armée américaine gagnait quatre kilomètres en face de Dun-sur-Meuse, sur les croupes à l'est de Buzancy. Stenay était directement menacé.

Le 2 novembre, la résistance de l'adversaire semblait enfin brisée : Stenay était débordé, les Alliés poussaient une pointe à trois lieues de Sedan.

La 1re, la 3e et la 4e armée britannique, prolongées à leur droite par la 1re armée française, attaquaient le 2 novembre avec une vigueur nouvelle. Valenciennes était prise. Le 4 novembre, la 1re armée anglaise avait dépassé la frontière belge en direction de Mons, dominant la vallée de la Sambre. La 3e armée s'emparait du Quesnoy et de la forêt de Mormal, devant Maubeugé. La 4e armée et la 1re armée françaises forçaient les passages du canal de la Sambre, prenaient Guise et Landrecies. Ainsi, la vallée de la Sambre, voie directe de pénétration vers Namur, nous était ouverte.

Nos deux victoires simultanées sur la Sambre et sur la Meuse mettaient en péril tout le centre allemand entre le fleuve et son affluent.

*

Cette fois Ludendorff n'a plus d'autre ressource qu'une retraite précipitée. Partout, de l'Escaut à la Meuse, les Allemands rompent devant leurs adversaires. Ils abandonnent leur matériel, qu'ils n'ont même plus le temps de détruire, des trains, des convois, des batteries toutes attelées. C'est l'indice certain de la défaite. Le désordre, l'encombrement règnent sur les routes à l'arrière du front ennemi. Encore quelques jours de patience et l'effort obstiné des Alliés aboutira au triomphe si longtemps attendu, Ludendorff ne ramènera sur le Rhin que de misérables débris de son orgueilleuse armée.

Quelles heures d'angoisse et de remords durent vivre à Spa, au grand quartier général allemand, les responsables de la guerre ! Les nouvelles qui leur parvenaient du front étaient désespérées, et, derrière eux, dans l'empire, à Kiel, à Hambourg, à Munich, à Berlin, l'émeute grondait. Leurs alliés les abandonnaient les uns après les autres. A la capitulation de la Bulgarie avaient succédé celles de la

Guillaume II abandonne le quartier général de Spa (p. 17).

Turquie et de l'Autriche. La Turquie avait signé l'armistice séparé le 30 octobre ; l'Autriche le 3 novembre. L'Allemagne vaincue, désorganisée, restait seule en face de l'Entente, elle était réduite à capituler à son tour.

Dans l'empire, un fort parti révolutionnaire exigeait l'abdication du Kaiser, proclamait la déchéance des Hohenzollern et l'avènement de la république. Le 9 novembre, le chancelier Max de Bade, pour calmer l'agitation, dût déclarer que le Kaiser avait décidé d'abdiquer.

Et, de fait, Guillaume II, dont commençait l'expiation, abandonna le quartier général de Spa, passa, bientôt suivi du kronprinz, la frontière de Hollande comme un fugitif.

La chute retentissante de l'empereur entraîna celle des autres princes allemands : Louis de Bavière, le duc de Brunswick, le grand-duc de Saxe-Weimar, le grand-duc de Hesse, le roi de Wurtemberg, le grand-duc de Bade, le prince Léopold de Lippe, le prince Henri de Reuss.

Le monde assistait avec stupéfaction à l'effondrement du colossal édifice germanique dont on avait cru si longtemps les fondements inébranlables.

IV

Les événements militaires qui se succédaient sur le front d'occident d'une marche inéluctable et peu à peu accélérée, avaient un profond retentissement dans la population civile des nations engagées dans la lutte. Celles-ci réagissaient par l'opinion qui, à son tour, entraînait les gouvernements à des actes diplomatiques.

Ce sont là des faits parallèles aux faits militaires, qui ont, à la vérité, avec eux d'étroites relations de cause à effet, mais qu'il est nécessaire de présenter séparément si l'on veut en faire comprendre l'enchaînement.

Plusieurs fois, au cours de la guerre, avant la grande offensive des Alliés de 1918, la coalition germanique avait essayé, par des voies plus ou moins détournées, d'engager des conversations diplomatiques. Ces tentatives avaient toujours échoué par suite de la mauvaise foi évidente de leurs auteurs, qui s'obstinaient à rejeter sur les Alliés la responsabilité de la guerre et à maintenir des exigences incompatibles avec les plus élémentaires principes de justice.

En septembre 1918, à la fin de la première phase de la grande bataille de Foch, l'assurance des coalisés avait considérablement diminué. L'état-major autrichien, en particulier, voyant faiblir l'Allemagne, comprenait que la défaite était inévitable. La situation intérieure de la double monarchie ne lui permettait d'ailleurs plus de poursuivre la guerre.

Les différentes races réunies sous le sceptre des Habsbourg revendiquaient leur autonomie : l'Etat se désagrégeait. Les Tchéco-Slovaques et les Yougo-Slaves, loin de soutenir les Austro-Hongrois, se considéraient comme les alliés de l'Entente. Beaucoup de grandes villes étaient troublées par des émeutes et des grèves.

⁂

C'est dans de telles circonstances que le gouvernement autrichien proposa le 14 septembre à tous les belligérants de désigner des plénipotentiaires chargés de discuter les principes fondamentaux de la paix. La date et l'endroit seraient fixés d'un commun accord ; des conversations auraient lieu dans un pays neutre, elles seraient confidentielles et n'engageraient pas obligatoirement les gouvernements représentés.

L'Autriche faisait observer que l'idée de paix était devenue la principale préoccupation des peuples et offrait de prendre pour base de la discussion les principes formulés par le président Wilson.

Cette demande, que l'on pouvait croire inspirée par l'Allemagne, mais qui n'engageait en rien cette dernière, n'avait aucune chance de recevoir une réponse favorable de la part de l'Entente. Elle n'était guère moins hypocrite que les démarches antérieures des empires centraux, elle ne reconnaissait ni la responsabilité de ces derniers dans l'origine de la guerre, ni leur infériorité militaire, de jour en jour plus manifeste, en face des Alliés.

MM. Balfour, Clemenceau et Lansing déclarèrent publiquement que les trois grandes nations alliées, Grande-Bretagne, France, Etats-Unis, ne pouvaient tenir compte d'une proposition présentée dans des termes aussi vagues.

Le 16 septembre, on apprenait d'autre part que l'Allemagne avait offert à la Belgique la paix séparée : elle promettait au petit royaume de le restaurer, mais ne lui garantissait nullement sa libération immédiate. Sa proposition n'était trop évidemment inspirée que par son propre intérêt : l'Allemagne, après avoir violé la neutralité de la Belgique pour porter à la France un coup plus terrible, entendait se servir de cette même neutralité contre les puissances de l'Entente.

Un discours du vice-chancelier von Payer, prononcé à cette époque, démontrait que l'Allemagne prétendait encore faire figure de vainqueur.

L'offre au gouvernement belge fut rejetée purement et simplement par ce dernier.

*

Cependant la population allemande se montrait de plus en plus nerveuse, inquiète. Le chancelier, comte Hertling, essaya de combattre ce pessimisme par un grand discours devant la commission principale du Reichstag. Il reconnaissait que la situation de l'Allemagne était sérieuse, mais ajoutait : « Les armées allemandes ont su jusqu'ici résister ; elles empêcheront toujours toute percée du front... Le peuple allemand ne demandera pas grâce, et un jour viendra où ses ennemis se montreront enfin disposés à la paix. »

Les événements devaient bientôt obliger les gouvernants de l'empire germanique à prendre un ton moins orgueilleux. L'armistice bulgare, signé le 29 septembre, avait été précédé, le jour même, de la démission du chancelier Hertling et du ministre des affaires étrangères, amiral von Hintze. Les représentants du pangermanisme intransigeant, ne pouvant plus soutenir leurs prétentions, abandonnaient le pouvoir.

Le kaiser sentait l'imminence de la catastrophe ; il appela au gouvernement le prince Max de Bade, en lui confiant la mission expresse de faire la paix le plus tôt possible.

Nous avons vu plus haut comment, le 5 octobre, l'Allemagne, l'Autriche et la Turquie firent une démarche concertée auprès du président Wilson pour le prier de prendre en main la cause de la paix et demander la suspension immédiate des hostilités.

M. Lansing, secrétaire d'Etat aux affaires étrangères des Etats-Unis d'Amérique, répondit, le 8 octobre, par une demande de précision adressée à l'Allemagne. Le 18 octobre, il fit communiquer par la Suède à l'Autriche-Hongrie une note où il mettait en lumière la dissolution de la double monarchie et proclamait la reconnaissance par l'Entente du nouvel Etat tchéco-slovaque.

Cependant, le 12 octobre, l'Allemagne, poursuivant avec empressement la conversation engagée, déclarait formellement accepter les principes posés par le président Wilson.

Ce dernier répliqua aussitôt que les gouvernements alliés ne pouvaient songer à conclure un armistice tant que les armées allemandes persisteraient dans leurs pratiques illégales et inhumaines.

L'Allemagne répondit le 21 en faisant quelques concessions qui témoignaient surtout de son désir que la conversation ne fut pas interrompue.

Le 23, M. Lansing annonçait que le président Wilson ne refuserait pas d'étudier avec les gouvernements de l'Entente la question d'un armistice, mais que celui-ci ne pourrait être accordé que s'il rendait impossible la reprise des hostilités de la part de l'Allemagne.

Le gouvernement allemand annonça le 27 qu'il attendait « les propositions d'armistice, qui seraient le premier pas vers une paix juste », étrange formule par laquelle il s'efforçait de renverser les rôles.

⁂

Cependant, la Turquie, abattue, allait capituler le 30 octobre ; puis, le 3 novembre, c'était le tour de l'Autriche-Hongrie, tombée en pleine décomposition.

Le président Wilson, ripostant comme il le méritait au gouvernement allemand, lui déclarait, le 5 novembre : « Le maréchal Foch a été autorisé par le gouvernement des Etats-Unis et les gouvernements alliés à recevoir les représentants dûment accrédités du gouvernement allemand et à leur communiquer les conditions d'un armistice. »

L'Allemagne était pressée d'en finir ; elle ne perdit pas un instant pour désigner ses parlementaires. Ceux-ci quittèrent Berlin le 6 novembre, ils arrivèrent le jeudi 7, après une randonnée tragi-comique, sur le front français, non loin de la Capelle. Il était neuf heures du soir.

Le 8, à neuf heures du matin, les parlementaires allemands, le secrétaire d'Etat Erzberger, les généraux von Gündell et von Winterfeld, le comte von Oberndorff et le capitaine de vaisseau Vanselow, eurent leur première entrevue avec le maréchal Foch dans son train, en forêt de Laigue. Le généralissime était assisté de l'amiral anglais Wemyss et du général français Weygand.

Les parlementaires écoutèrent avec consternation la lecture des conditions très dures qui leur étaient imposées. Ils n'osaient prendre

Les parlementaires ont leur première entrevue avec le maréchal Foch (p. 21).

sur eux de les accepter, mais savaient bien d'autre part que la situation militaire des armées allemandes était désespérée et que si la signature de l'armistice était retardée de quelques jours, il ne serait plus possible d'éviter une épouvantable déroute.

En effet, depuis le 5 novembre, les armées alliées avaient poursuivi leur marche victorieuse à une allure de 10 à 15 kilomètres par jour.

Le 6, à quatre heures de l'après-midi, la 1re armée américaine s'était emparée de Sedan, saisissant ainsi une importante voie de communication allemande vers Metz. Sedan ! ce nom qui rappelait notre défaite de 1870, qui avait si longtemps résonné comme le glas de la puissance française abattue par la Prusse, on allait donc pouvoir le répéter désormais comme celui d'une victoire des Alliés, comme le signal du triomphe définitif. La prise de Sedan, à l'heure même où l'Allemagne demandait grâce, allait acquérir aux yeux du monde entier la valeur d'un symbole.

La 2e armée américaine, qui opérait à l'est de la Meuse, dépassa, les jours suivants, la forêt de Woëvre, poussa ses avant-postes à une lieue et demie de Carignan et de Montmédy, à trois lieues de Longuyon ; elle continuait le dégagement du fameux bassin de Briey, dominé par les canons de Metz.

Plus à l'ouest, à la gauche de la 1re armée américaine, la 1re armée française avait pour objectif principal l'important nœud de communications Mézières-Charleville ; elle s'empara de ces deux villes, le soir du 9 novembre, tandis que les négociations pour l'armistice étaient déjà engagées entre le maréchal Foch et les parlementaires allemands.

Cependant la 5e armée française effectuait le passage de la Sormonne, en amont de Mézières ; elle devait entrer dans Rocroi avant l'aube du 11 novembre. La 10e armée s'engageait dans la trouée de Chimay.

Les armées britanniques continuaient la poursuite sur les routes parallèles à la Sambre ; elles occupaient Maubeuge le matin du 9, et Mons quelques heures avant la suspension des hostilités. Les Anglais retrouvaient sur ce champ de bataille les souvenirs de 1914, quand ils avaient dû battre en retraite devant les hordes germaniques. La victoire les y ramenait.

Dans les Flandres, les Allemands se dérobaient aussi vite que le leur permettait le débit des routes et des voies ferrées. Les Alliés, marchant vers Bruxelles, occupèrent successivement Tournai, Ath et Grammont, atteignirent le canal de Terneuzen, firent leur entrée à Gand.

Sur tout le front, l'ennemi se voyait contraint d'abandonner un matériel considérable. Rien ne ralentissait la marche des Alliés, ni la résistance désespérée des détachements d'élite laissés en arrière-garde, ni la destruction systématique des ponts, des routes, des voies ferrées, ni l'usage barbare des mines à retardement.

Le 11 novembre, lors de la signature de l'armistice, le territoire français était entièrement libéré, à l'exception d'une zone étroite au pied du mont Donon, le long de notre frontière de l'est, du bassin de Briey et de la vallée de la Meuse entre Charleville et Givet, dans la point que dessine notre frontière au sud de la Belgique.

***

On le voit d'après ce bref exposé des opérations militaires pendant les derniers jours de la guerre, si dures que fussent les conditions posées par le maréchal Foch aux parlementaires allemands, elles ne faisaient que consacrer la défaite de nos ennemis et elles étaient pour ceux-ci un pis-aller infiniment préférable encore à la débâcle imminente.

Néanmoins, comme nous l'avons dit, le chef de la délégation crut devoir demander conseil à son gouvernement. Certes les Allemands avaient perdu confiance, mais ils ne s'étaient pas imaginés que leurs adversaires se rendaient si bien compte de leur situation et possédaient une belle foi dans la victoire. L'arme suprême, le bluff, s'était émoussée dans leurs mains.

Les parlementaires, après avoir reçu communication des conditions de l'armistice, demandèrent qu'il leur fût permis d'expédier un courrier à Spa, au grand quartier général allemand. Ils sollicitaient d'autre part une suspension d'armes immédiate, « dans l'intérêt de l'humanité ».

Cette suspension d'armes, qui aurait fourni à nos ennemis le moyen de conjurer la déroute et leur aurait rendu quelque avantage dans la discussion, fut refusée, mais l'autorisation d'envoyer un courrier fut accordée.

Le courrier parvint à Spa, non sans peine, dans la matinée du 10.

Le même jour, à vingt et une heures, un radiotélégramme lancé de Nauen annonçait l'acceptation des conditions par le gouvernement allemand.

⁂

Le 11 novembre, à cinq heures du matin, l'armistice était signé. Sa première clause décidait la cessation des hostilités six heures après la signature, soit le 11 novembre, à onze heures.

Il comportait le recul des armées allemandes au delà du Rhin; abandon de 5.000 canons 25.000 mitrailleuses, 3.000 lance-mines, 1.700 avions; l'occupation par les alliés de Mayence, Coblence et Cologne, avec des têtes de pont de trente kilomètres de rayon sur la rive droite du Rhin; la livraison de 5.000 locomotives, 150.000 wagons, 5.000 camions automobiles ; la restitution immédiate, sans réciprocité, des prisonniers de guerre ; la remise aux Alliés de 6 croiseurs de bataille, 10 cuirassés d'escadre, 8 croiseurs légers, 50 destroyers et de tous les sous-marins.

La nouvelle fut connue à Paris vers dix heures du matin par des affiches tendues aux façades des grands journaux; le canon tonna, les cloches sonnèrent, les maisons se couvrirent de drapeaux ; une foule exaltée se pressa dans les rues.

Des cortèges s'organisaient et défilaient, avec des drapeaux français ou alliés, aux accents de la *Marseillaise*. On chantait aussi *la Madelon*, ou plus simplement « Fallait pas qu'i y aille », ce qui s'adressait sans doute au kaiser, à moins que ce ne fût au peuple allemand personnifié. On dansait. On fêtait les soldats français, on acclamait les Américains, on s'embrassait. L'enthousiasme était d'autant plus grand que chacun, jusqu'à la dernière heure, avait refréné son espoir, de peur d'éprouver une déception : la France, dont la tenue dans l'adversité avait été admirable, n'avait pas compromis sa dignité en donnant au monde le spectacle d'une joie prématurée.

Les trophées de la place de la Concorde avaient la faveur de la foule ; on allait chercher en bande les canons allemands pour les traîner triomphalement sur les grands boulevards.

Le soir, la fête continua dans Paris, éclairé pour la première fois depuis des années, avec ses cafés ouverts et resplendissants.

***

Cependant on n'oubliait pas nos morts et la fierté légitime qu'inspirait notre victoire était accompagnée de la douleur auguste des parents qui avaient donné leurs fils, du chagrin des veuves et des orphelins.

Quant à nos armées victorieuses, qui avaient été si longtemps à la peine, l'apothéose allait commencer pour elles.

Pétain, nommé maréchal de France, fit son entrée triomphale à Metz, le 19 novembre ; le général de Castelnau, à Colmar, le 22 ; le général Gouraud, à Strasbourg, le même jour. Le 25, le maréchal Pétain entrait à son tour dans la grande cité alsacienne reconquise ; il était reçu à la porte de Schirmeck par les généraux de Castelnau et Gouraud. Le 27, c'était le maréchal Foch qui pénétrait à Strasbourg.

Et partout nos généraux et nos soldats étaient accueillis avec un enthousiasme délirant par les populations délivrées. Les femmes d'Alsace et de Lorraine avaient revêtu leurs costumes traditionnels pour aller à la rencontre de nos troupes et défiler avec elles. Les fenêtres étaient ornées de drapeaux français confectionnés à la hâte.

A Metz, les habitants avaient renversé de leurs piédestaux les statues du prince Frédéric-Charles, de l'empereur Guillaume Ier et de l'empereur Frédéric III. A Strasbourg, la statue qui représentait Guillaume II en moine au-dessus du portail de la cathédrale, portait un écriteau avec ces mots latins : *Sic transit gloria mundi.* Ainsi passe la gloire du monde !

On avait parlé de plébiscite ! Le plébiscite l'Alsace et la Lorraine reconquises l'ont fait par la voix unanime de leurs habitants, qui proclamaient en pleurant d'émotion leur joie d'être enfin réunis à la Patrie.

Imp. d'Éditions, 8, rue Bréguet-Jacques, Paris

COLLECTION "PATRIE"

40 cent. L'OUVRAGE COMPLET ILLUSTRÉ 40 cent.

EXTRAIT DU CATALOGUE

1. La Chasse au Zeppelin.
2. La Reprise du Fort de Douaumont.
3. Miss Cavell, héroïne et martyre.
4. Les Marais de Saint-Gond.
5. La Chasse au sous-marin.
6. Perdus dans le « Labyrinthe ».
7. Les Français en Alsace.
8. La Belgique à feu et à sang.
9. La Prise de Tahure.
10. Un héros italien : Cesare Battisti.
11. Aux Eparges : Zizi, agent de liaison.
12. Combat naval du Jutland.
13. La Bataille de l'Ourcq.
14. Les Vitriers à Bezonvaux.
15. Tommies et Gourkas.
16. Ma Mitrailleuse.
17. L'Escadrille de la mort.
18. La Prise de Combles.
19. Les Tanks à la bataille de la Somme.
20. Le Grand-Couronné de Nancy.
21. La Guerre en masques.
22. Reims sous les obus.
23. La Bataille dans les Neiges.
24. Dans les Usines de guerre.
25. Les Diables bleus au « Vieil-Armand ».
26. L'Espionne de la Marine.
27. La Guerre sous terre.
28. L'Epopée serbe.
29. Les Zouaves à l'assaut (à Mesnil-les-Hurlus).
30. La Garde aux Océans.
31. La Délivrance de Noyon.
32. Prisonnier des Turcs (aux Dardanelles).
33. Au Mort-Homme sous la mitraille.
34. Le Journal d'un otage.
35. Le Serment de l'Aviateur.
36. Les Chars d'assaut à Juvincourt.
37. L'Epopée du Fort de Vaux.
38. Les Grenadiers de la République.
39. Souvenirs d'un prisonnier.
40. A la conquête de Bagdad.
41. Les Héros de Notre-Dame-de-Lorette.
42. L'Appel aux armes.
43. Pierrik le mousse, pêcheur de sousmarins.
44. Les Cuistos du Moulin de Laffaux.
45. Guynemer, l'as des as.
46. La Prise de Craonne.
47. Un Gosse héroïque.
48. Les Canadiens à Vimy.
49. Les Téléphonistes dans la bataille (à Beauséjour).
50. Le Premier choc.

154 Ouvrages parus — Envoi franco du Catalogue complet

EN VENTE PARTOUT

F. ROUFF, Éditeur, 8, Bd de Vaugirard, Paris-15e

 IMP. E. LAFFRAY, 11, RUE D'ALENÇON, PARIS

www.ingramcontent.com/pod-product-compliance
Ingram Content Group UK Ltd.
Pitfield, Milton Keynes, MK11 3LW, UK
UKHW021037220726
13924UKWH00001B/368

9 782019 927806